LE LÉVITE D'ÉPHRAÏM,

SUJET DE L'ÉCRITURE SAINTE

TRADUIT EN VERS FRANÇAIS,

Par J. B. J. AUBURTIN, Membre du Collége électoral du Département de la Moselle.

A METZ,

De l'Imprimerie de la Veuve VERRONNAIS,
à l'Aigle-d'Or, place Napoléon.

1812.

LE LÉVITE

D'ÉPHRAÏM,

SUJET DE L'ÉCRITURE SAINTE

TRADUIT EN VERS FRANÇAIS.

LIVRE DES JUGES,
Chap. 19, 20 et 21.

CHAPITRE PREMIER.

DANS le fond d'Ephraïm, montagne d'Israël,
Sous les Juges vivait un paisible mortel ;
Son nom n'est pas connu, mais il était Lévite,
Il avait pris pour femme une Bethléémite :
Celle-ci tout-à-coup, soit dégoût, soit ennui,
A son insçu le quitte et s'enfuit de chez lui :
Dans sa ville natale, à Béthléem retourne,
Et pendant quatre mois chez son père séjourne.

Fuit quidam vir Levites habitans in latere montis Ephraim,
qui accepit uxorem de Bethlehem Juda :
Quæ reliquit eum, et reversa est in domum patris sui in Bethlehem,
mansitque apud eum quatuor mensibus.

Son mari généreux ne pouvant l'oublier,
Avec elle voulait se réconcilier ;
Il pensait qu'en flattant sa volage compagne,
Bientôt il lui ferait regretter sa montagne :
Il part dans cet espoir, et l'un de ses valets
Le suit dans son voyage et conduit deux mulets.

Son épouse lui fait l'accueil le plus sincère,
Elle-même aussitôt le présente à son père
Qui, charmé de le voir, d'apprendre son dessein,
A sa rencontre accourt, le presse sur son sein
Et le traite trois jours comme un homme qu'on aime,
Avant l'aube vermeille enfin du quatrième,
Le Lévite se lève et s'apprête à partir ;
Son beau-père lui dit, avant que de sortir,
Veuillez prendre, mon fils, un peu de subsistance,
Vous ferez votre route avec plus d'assurance.
Ils se mettent à table et d'un esprit égal,
Ensemble et sans façon font un repas frugal.

Le père de la fille enchanté de son gendre,
Le supplie instamment de vouloir bien suspendre

Secutusque est eam vir suus, volens reconciliari ei, atque blandiri, et secum reducere, habens in comitatu puerum et duos asinos : quæ suscepit eum, et introduxit in domum patris sui. Quod cùm audisset socer ejus, eumque vidisset, occurrit ei lætus,

Et amplexatus est hominem. Mansitque gener in domo soceri tribus diebus, comedens cum eo et bibens familiariter.

Die autem quarto de nocte consurgens, proficisci voluit, quem tenuit socer, et ait ad eum : Gusta priùs pauxillum panis, et conforta stomachum, et sic proficisceris.

Sederuntque simul, ac comederunt et biberunt. Dixitque pater puel- læ ad generum suum : Quæso te ut hodie hìc maneas, pariterque læ- remur.

(5)

Jusqu'à demain matin sa marche et son retour;
Qu'ensemble dans la joie ils passent tout le jour.

Mais le gendre debout veut retourner sur l'heure,
Par son hôte pressé cependant il demeure,
Et remet son départ au jour du lendemain :
Tout prêt au point du jour à se mettre en chemin,
Son beau-père lui dit, prenez je vous conjure,
Pour vous fortifier un peu de nourriture;
Lorsqu'il fera grand jour vous pourrez retourner :
Le jeune homme à ces mots se laisse donc gagner.

Ils font un long repas, à la fin le Lévite
Se lève pour partir avec toute sa suite.

Songez, dit le beau-père, encor d'un ton touchant,
Que le soleil est près des portes du couchant;
Achevez la journée, égayons-nous encore,
Vous partirez demain au lever de l'aurore.

Cette fois le Lévite est sourd à ses discours,
Il part, et de Jébus bientôt il voit les tours;
Sa femme le suivait et ses bêtes de somme,
Près de Jérusalem, qu'aussi Jébus on nomme,

At ille consurgens, cœpit velle proficisci. Et nihilominus obnixè eum socer tenuit, et apud se fecit manere.

Mane autem facto, parabat Levites iter. Cui socer rursum : Oro te, inquit, ut paululum cibi capias, et assumptis viribus, donec increscat dies, postea proficiscaris. Comederunt ergo simul.

Surrexitque adolescens, ut pergeret cum uxore sua et puero. Cui rursum locutus est socer : Considera quòd dies ad occasum declivior sit, et propinquat ad vesperum : mane apud me etiam hodie, et duc lætum diem, et cras proficisceris ut vadas in domum tuam.

Noluit gener acquiescere sermonibus ejus : sed statim perrexit, et venit contra Jebus, quæ altero nomine vocatur Jerusalem, ducens secum duos asinos onustos, et concubinam.

La nuit se préparait à succéder au jour.
Chez les Jébuséens allons faire séjour,
Dit à son maître alors le jeune domestique.
Aux enfans d'Israël, son maître lui réplique,
Ce peuple est étranger, allons à Gabaa,
Si nous n'y restons pas, nous irons à Rama.
Ils passent donc Jébus, à leur loi peu propice,
Se hâtant de chercher ailleurs un autre hospice.

PROCHE de Gabaa, ville de Benjamin,
Le soleil à leurs yeux disparaissant soudain,
Ils vont dans cet endroit réclamer un asile,
Mais pour eux nul ici n'avait de domicile.

SUR le soir un vieillard rentrant de ses travaux
(Il était d'Ephraïm, natif de ses côteaux,
A Gabaa vivant, étranger solitaire,
Benjamin de ces lieux était propriétaire),
Sur le marché public soudain jetant les yeux,
Y voit des gens assis, un jeune homme avec eux.
D'où venez-vous, jeune homme, avec tout ce bagage ?
Dites-moi, je vous prie, où tend votre voyage ?

Jamque erant juxta Jebus, et dies mutabatur in noctem : dixitque puer ad dominum suum : Veni, obsecro, declinemus ad urbem Jebusæorum, et maneamus in ea.

Cui respondit dominus : Non ingrediar oppidum gentis alienæ, quæ non est de filiis Israel, sed transibo usque Gabaa :

Et cùm illuc pervenero, manebimus in ea, aut certè in urbe Rama.

Transierunt ergo Jebus, et cœptum carpebant iter, occubuitque eis sol juxta Gabaa, quæ est in tribu Benjamin :

Diverteruntque ad eam, ut manerent ibi. Quò cùm intrassent, sedebant in platea civitatis, et nullus eos recipere voluit hospitio.

Et ecce, apparuit homo senex, revertens de agro et de opere suo vesperi, qui et ipse de monte erat Ephraim, et peregrinus habitabat in Gabaa. Homines autem regionis illius erant filii Jemini.

DE Bethléem, dit-il, bon vieillard nous venons,
Nous sortions d'Ephraïm, et nous y retournons;
Nous allons maintenant dans le temple adorable,
Nul ici ne nous tend une main secourable.
Nos mulets sont chargés de leur paille et leur foin
Et du pain et du vin dont nous avons besoin;
Le couvert seulement nous serait nécessaire.

VENEZ et suivez-moi, je puis vous satisfaire,
Lui répond le vieillard, la paix soit avec vous :
Dans sa maison ensuite, il les emmène tous.
Il donne aux animaux des grains et du fourrage,
Aux hôtes fait laver les pieds selon l'usage,
Puis il les fait servir sans faste et simplement.

MAIS à peine ont-ils pris quelque peu d'aliment,
A peine ils sont refaits des travaux du voyage,
Que le Lévite éprouve un très-sanglant outrage;
Des hommes de la ville, enfans nés du Démon,
Du généreux vieillard entourent la maison;

Elevatisque oculis, vidit senex sedentem hominem cum sarcinulis suis in platea civitatis : et dixit ad eum : Unde venis ? et quò vadis ?

Qui respondit ei : Profecti sumus de Bethlehem Juda, et pergimus ad locum nostrum, qui est in latere montis Ephraïm, unde ieramus in Bethlehem : et nunc vadimus ad domum Dei, nullusque sub tectum suum nos vult recipere,

Habentes paleas et fœnum in asinorum pabulum, et panem ac vinum in meos et ancillæ tuæ usus, et pueri qui mecum est : nulla re indigemus nisi hospitio.

Cui respondit senex : Pax tecum sit, ego præbebo omnia quæ necessaria sunt : tantum, quæso, ne in platea maneas.

Introduxit que eum in domum suam, et pabulum asinis præbuit : ac postquam laverunt pedes suos, recepit eos in convivium.

Illis epulantibus, et post laborem itineris, cibo et potu reficientibus corpora, venerunt viri civitatis illius, filii Belial, (id est, absque jugo) et circumdantes domum senis, fores pulsare cœperunt,

Ils frappent à la porte, ils appellent le maître,
Des attraits du Lévite, ils veulent se repaître.

Le bon vieillard se montre et dit avec douceur,
Mes frères, repoussez une pareille horreur;
C'est mon hôte, un Lévite, étouffez votre envie,
Ma fille est vierge encor, je vous la sacrifie.
Cet homme livrera sa femme à vos désirs,
A leurs charmes prenez d'heureux et doux plaisirs;
Mais à l'oint du Seigneur ne faites pas injure,
N'allez pas sur son corps offenser la nature.

Ces discours sont pour eux des discours superflus,
Le Lévite accablé, ne se possédant plus,
Livre à ces forcenés l'objet de sa tendresse,
Et la nuit l'abandonne à leur brutale ivresse.

L'épouse délaissée aux approches du jour,
Va trouver son époux, au pied de son séjour
Elle tombe étendue et la face par terre.
Les ombres de la nuit cédant à la lumière,

---

clamantes ad dominum domus, atque dicentes : Educ virum, qui
ingressus est domum tuam, ut abutamur eo. *Gen.* 19 *b.* 5.

Egressusque est ad eos senex, et ait : Nolite fratres, nolite facere
malum hoc : quia ingressus est homo hospitium meum, et cessate ab
hac stultitia :

Habeo filiam virginem, et hic homo habet concubinam, educam
eas ad vos, ut humilietis eas, et vestram libidinem compleatis : tantum, obsecro, ne scelus hoc contra naturam operemini in virum.

Nolebant acquiescere sermonibus illius. Quod cernens homo,
eduxit ad eos concubinam suam, et eis tradidit illudendam : qua
cum tota nocte abusi essent, dimiserunt eam mane.

At mulier, recedentibus tenebris, venit ad ostium domus, ubi
manebat dominus suus, et ibi corruit.

Le Lévite se lève, et comme il veut partir,
A la porte il croit voir son épouse dormir;
Partons! point de réponse, il comprend qu'elle est
    morte,
Il fait lever son corps, que chez lui l'on remporte.
Rentré dans sa maison, il saisit des couteaux,
Le cadavre en sa rage est coupé par morceaux,
Et des chairs et des os qu'il rompt et qu'il dépèce,
Il en fait douze parts qu'aux Tribus il adresse.

A cet aspect sanglant qui le glace d'horreur,
Le peuple d'Israël, transporté de fureur,
Dit que depuis ce jour jusqu'aux temps où ses pères
Échappés de l'Égypte à toutes les misères
Revinrent triomphans de la captivité,
On avait jamais vu pareille atrocité.
Pour porter son arrêt, sur cette étrange affaire,
Ordonne qu'on s'assemble et qu'on en délibère.

Mane facto, surrexit homo, et aperuit ostium, ut cœpta expleret viam : et ecce concubina ejus jacebat ante ostium sparsis in limine manibus.

Cui ille, putans eam quiescere, loquebatur : Surge, et ambulemus. Qua nihil respondente, intelligens quod erat mortua; tulit eam, et imposuit asino, reversusque est in domum suam.

Quam cum esset ingressus, arripuit gladium, et cadaver uxoris cum ossibus suis in duodecim partes ac frusta concidens, misit in omnes terminos Israel.

Quod cum vidissent singuli, conclamabant : Numquam res talis facta est in Israel, ex eo die quo ascenderunt patres nostri de Ægypto, usque in præsens tempus : ferte sententiam, et in commune decernite quid facto opus sit.

CHAPITRE II.

Le peuple sort en foule et s'assemble à l'envi,
Dans Maspha devant Dieu comme un seul homme uni,
De Dan à Galaad et jusqu'à Bersabée.
Un sentiment vengeur tient son ame absorbée.

Les enfans d'Israël de tout coin, de tout lieu,
Unis dans le concours du peuple élu de Dieu,
Sont pour délibérer sur les reproches graves
Qu'on fait aux Jéminis, quatre cent mille braves.

Aux fils de Benjamin, c'est un fait très-connu,
Que tout Israël est en Maspha parvenu.

Le Lévite y paraît, et fait à l'auditoire
Le fidèle récit de sa fatale histoire;
A Gabaa, dit-il, ville de Benjamin,
Sur la place tenant ma femme par la main,
Un généreux vieillard vient m'offrir un asile;
Au milieu de la nuit des hommes de la ville

Egressi itaque sunt omnes filii Israël, pariter congregati, quasi vir unus, de Dan usque Bersabee et Galaad, ad dominum in Maspha. *Ose* 9. 9.

Omnes que anguli populorum, et cunctæ tribus Israël in Ecclesiam populi dei convenerunt quadringenta milia peditum pugnatorum.

(Nec latuit filios Benjamin, quod ascendissent filii Israël in Maspha). Interrogatus que Levita, maritus mulieris interfectæ, quomodo tantum scelus perpetratum esset.

Respondit : Veni in Gabaa Benjamin cum uxore mea illuc que divertit;

Entourent la maison où je faisais séjour :
Ils veulent me tuer, ma femme est à son tour
L'objet de leur luxure et de leur barbarie;
Elle en meurt, on l'emporte, et moi dans ma furie
Je déchire ses chairs, je brise et romps ses os,
Pour les douze Tribus je fais autant de lots,
Désirant que chacune à mon sort s'intéresse,
Aux douze chefs du peuple un de ces lots j'adresse :
Car jamais Israël ne vit telle action.
Vous tous ici jugez de l'expiation.

Le peuple debout dit d'une voix unanime;
Nul ne retournera, qu'on ait vengé ce crime;
Et contre Gabaa, décrète qu'à présent,
Des enfans d'Israël il soit pris dix de cent,
Ensuite cent de mille et mille de dix mille,
Lesquels seront porteurs de l'aliment utile
A ceux qui combattront les fils de Benjamin.
Israel n'a contre eux qu'une voix, qu'un dessein :

Et ecce homines civitatis illius circumdederunt nocte domum, in qua manebam, volentes me occidere, et uxorem meam incredibili furore libidinis vexantes, denique mortua est.

Quam areptam, in frustra concidi, misique partes in omnes terminos possessionis vestræ, quia nunquam tantum ne fas, et tam grande piaculum factum est in Israël.

Adestis omnes filii Israël decernite quid facere debeatis.

Stansque omnis populus, quasi unius hominis sermone respondit: Non recedemus in tabernacula nostra, nec suam quisquam intrabit domum : sed hoc contra Gabaa in commune faciamus.

Decem viri eligantur è centum ex omnibus tribubus Israel, et centum de mille, et mille de decem millibus, ut comportent exercitui cibaria, et possimus pugnare contra Gabaa Benjamin, et reddere ei pro scelere, quod meretur.

(12)

Mais voulant procéder d'une manière sage,
Aux fils de Benjamin il envoie un message
Pour leur dire, pourquoi cet énorme attentat
S'est-il trouvé commis au sein de votre état?
Dire aussi de livrer ces hommes méprisables
Qui, de ce crime affreux se sont rendus coupables,
Afin qu'ils meurent tous, qu'Israël voie enfin
Le mal dans son principe extirpé de son sein.

BENJAMIN reçoit l'ordre avec indifférence,
Et bien loin d'y montrer la moindre déférence ;
Tous ceux de son ressort aux secours appelés,
Pour combattre Israël, à l'envi rassemblés,
Autour de Gabaa se trouvent vingt-cinq mille ;
Non compris les guerriers, les braves de leur ville.

GABAA renfermait sept cents hommes vaillans,
Ambidextres adroits, très-prompts, très-vigilans,
Se servant de la fronde avec tant de justesse
Qu'ils touchaient un cheveu malgré sa petitesse,

Convenitque universus Israel ad civitatem, quasi homo unus
eadem mente, unóque consilio.

Et miserunt nuncios ad omnem tribum Benjamin, qui dicerent :
Cur tantum nefas in vobis repertum est ?

Tradite homines de Gabaa, qui hoc flagitium perpetrarunt, ut
moriantur, et auferatur malum de Israel. Qui noluerunt fratrum
suorum filiorum Israel audire mandatum :

Sed ex cunctis urbibus, quæ sortis suæ erant, convenerunt in
Gabaa, ut illis ferrent auxilium, et contra universum populum
Israel dimicarent.

Inventique sunt viginti quinque millia de Benjamin educentium
gladium, præter habitatores Gabaa.

Qui septingenti erant viri fortissimi, ita sinistra ut dextra præ-
liantes : et sic fundis lapides ad certum jacientes, ut capillum quoque
possent percutere, et nequaquam in alteram partem ictus lapidis
deferetur.

Et jamais un caillou par leur fronde lancé
Ne s'écartait du but qu'ils s'étaient proposé.

Mais Israël comptait sur quatre cent mille ames,
A part les Jéminis ses ennemis infâmes ;
Il se rend en Silo, dans la maison de Dieu,
Étant en sa présence, il demande en quel lieu
Il doit prendre son chef contre les Gabaïtes ;
Dieu dit que Judas soit chef des Israëlites.

Les enfans d'Israël debout dès le matin,
Le long de Gabaa vont se camper soudain ;
Ils commencent d'abord par assiéger la ville ;
Benjamin fond sur eux en détruit vingt-deux mille.

Le peuple d'Israël quoiqu'un peu confondu,
Comptant sur sa valeur et son nombre étendu,
Veut dans le même endroit tenter le sort des armes ;
Mais avant, en Silo, jusqu'au soir fond en larmes,
En face du Seigneur il demande à grands cris,
S'il doit se battre ou non avec les Jéminis.

Virorum quoque Israel, absque filiis Benjamin, inventa sunt quadringenta millia educentium gladios, et paratorum ad pugnam.

Qui surgentes venerunt in domum Dei, hoc est, in Silo: consulueruntque Deum, atque dixerunt: Quis erit in exercitu nostro princeps
certaminis contra filios Benjamin ? Quibus respondit Dominus : Judas sit dux vester.

Statimque filii Israel surgentes mane, castrametati sunt juxta
Gabaa :

Et inde procedentes ad pugnam contra Benjamin, urbem oppugnare
cœperunt.

Egressique filii Benjamin de Gabaa, occiderunt de filiis Israel
die illo viginti duo millia virorum.

Rursum filii Israel et fortitudine et numero confidentes in eodem
loco, in quo prius certaverant, aciem direxerunt:

Ita tamen ut prius ascenderent et flerent coram Domino usque ad

Dieu dit que sur-le-champ le combat recommence,
Bientôt les deux partis se trouvent en présence.

Benjamin de sa ville accourt de tous côtés;
Les enfans d'Israël sont partout culbutés;
Dix-huit mille des siens sont sans force et sans vie,
Tant Benjamin contr'eux exhale sa furie.

Le peuple à cet échec éperdu de douleur,
Court au temple de Dieu déplorer son malheur;
Il jeûne jusqu'au soir, offre des sacrifices,
Pour obtenir du ciel des regards plus propices,
Consulte de nouveau sur son état fâcheux;
L'arche était en Silo, dans ces temps orageux,
Le fils d'Eléasar du temple était le maître;
Tout le peuple demande au Seigneur de connaître
S'il doit combattre encor les fils de Benjamin;
Une voix lui répond, vous les vaincrez demain.

---

noctem : consulerentque eum, et dicerent : Debeo ultra procedere ad
dimicandum contra filios Benjamin fratres meos, an non ? Quibus ille
respondit : Ascendite ad eos, et inite certamen.

Cumque filii Israel altera die contra filios Benjamin ad prælium
processissent.

Eruperunt filii Benjamin de portis Gabaa : et occurrentes eis, tanta
in illos cæde bacchati sunt, ut decem et octo millia virorum educentium gladium prosternerent.

Quamobrem omnes filii Israel venerunt in domum Dei, et sedentes
flebant coram Domino : jejunaveruntque die illo usque ad vesperam,
et obtulerunt ei holocausta, atque pacificas victimas.

Et super statu suo interrogaverunt.

Eo tempore ibi erat arca fœderis Dei.

Et Phinees filius Eleazari filii Aaron præpositus domus. Consulue-
runt igitur Dominum atque dixerunt : Exire ultra debemus ad
pugnam contra filios Benjamin fratres nostros, an quiescere ? Quibus
ait Dominus : Ascendite, cras enim tradam eos in manus vestras.

VERS leur ville Israël dresse des embuscades,
Comme aux jours précédens fait les mêmes bravades ;
Appelle Benjamin à de nouveaux combats :
Celui-ci se présente et le suit pas à pas ;
Il montre à son rival la même hardiesse,
Comme aux deux premiers chocs, il le pousse, il le
      presse,
Le bat dans deux chemins par lesquels il s'enfuit :
L'un porte à Gabaa, l'autre à Béthel conduit ;
Trente hommes environ sont étendus par terre ;
Il croit tout renverser comme à son ordinaire.

ISRAEL feint de fuir et n'a d'autre dessein
Que d'attirer à lui l'imprudent Benjamin :
Dès qu'il voit le succès couronner l'entreprise,
Il sort de sa retraite, et sans plus de remise
Range à Baal-thamar ses nombreux bataillons ;
Au couchant de la ville avance en échelons
Le corps de l'embuscade ; un autre de dix mille
Est chargé d'insulter l'habitant de la ville.

Posueruntque filii Israel insidias per circuitum urbis Gabaa.

Et tertia vice, sicut semel et bis, contra Benjamin exercitum produxerunt.

Sed et filii Benjamin audacter eruperunt de civitate, et fugientes adversarios longiùs persecuti sunt, ita ut vulnerarent ex eis sicut primo die et secundo, et cæderent per duas semitas vertentes terga, quarum una ferebatur in Bethel, et altera in Gabaa, atque prosternerent triginta circiter viros :

Putaverunt enim solito eos more cædere. Qui fugam arte simulantes, inierunt consilium ut abstraherent eos de civitate, et quasi fugientes ad supradictas semitas perducerent.

Omnes itaque filii Israel surgentes de sedibus suis, tetenderunt aciem in loco, qui vocatur Baalthamar. Insidiæ quoque, quæ circa urbem erant, paulatim se aperire cœperunt,

(16)

LA bataille est fâcheuse aux fils de Benjamin,
De toutes parts pour eux le trépas est prochain ;
En face d'Israël le Seigneur les accable,
Leur ruine en ce jour paraît inévitable ;
La mort vole partout et vingt-cinq mille un cent
Sont tous exterminés par le glaive tranchant.

BENJAMIN, dont la gloire a passé comme l'ombre,
Est forcé de s'enfuir et de céder au nombre ;
Il court aveuglément par le peuple excité,
Sur le piége tendu le long de la cité.

LE corps de l'embuscade apprenant sa déroute,
Sur Gabaa dirige incontinent sa route ;
Il entre dans la ville en ce fatal moment,
Au carnage succède un grand embràsement :
Car l'ordre était précis à ceux des embuscades,
Que pour faire connaître à tous leurs camarades
La prise de la ville, ils y missent le feu ;
Qu'à la fumée on vit que la prise avait lieu.

Et ab Occidentali urbis parte procedere. Sed et alia decem millia
virorum de universo Israel, habitatores urbis ad certamina provoca-
bant. Ingravatumque est bellum contra filios Benjamin : et non intel-
lexerunt quod ex omni parte illis instaret interitus.

Percussitque eos Dominus in conspectu filiorum Israel, et interfecerunt ex eis in illo die vigintiquinque millia et centum viros, omnes
bellatores et educentes gladium.

Filii autem Benjamin, cùm se inferiores esse vidissent, cœperunt
fugere. Quod cernentes filii Israel, dederunt eis ad fugiendum locum,
ut ad præparatas insidias devenirent, quas juxta urbem posuerant.

Qui cùm repentè de latibulis surrexissent, et Benjamin terga cæ-
dentibus daret, ingressi snnt civitatem, et percusserunt eam in ore
gladii.

Signum autem dederant filii Israel his quos in insidiis collocaverant,
ut postquam urbem cepissent, ignem accenderent : ut ascendente in
altum fumo, captam urbem demonstrarent.

BENJAMIN ayant cru l'Israélite en fuite,
Avait beaucoup trop mis d'ardeur à sa poursuite,
Après avoir tué trente hommes d'Israël.
Une fumée alors s'élevant jusqu'au ciel,
Fut l'indice assuré que sa ville était prise ;
Soudain se retournant, quelle fut sa surprise !
Le parti d'Israël qui naguère avait fui,
Bientôt fait volte face , et se présente à lui ;
Il le charge, le bat, le force à la retraite.

BENJAMIN qui prévoit son entière défaite,
Sur le désert s'empresse à diriger ses pas ;
Israël le poursuit et ne le quitte pas.
Tout-à-coup aux fuyards l'embuscade se montre,
Ceux-ci ne pouvant point éviter sa rencontre,
Le peuple réuni ne fait plus de quartier,
Il veut que Benjamin périsse tout entier ;
Dix-huit mille guerriers de ce parti coupable,
A l'est de Gabaa sont jetés sur le sable ;
Au rocher de Remmon un grand nombre s'enfuit,
Ceux qui sont dispersés , Israël les poursuit ;

Quod cùm cernerent filii Israel in ipso certamine positi (putaverunt enim filii Benjamin eos fugere, et instantiùs persequebantur, cæsis de exercitu eorum triginta viris)

Et viderent quasi columnam fumi de civitate conscendere : Benjamin quoque aspiciens retrò , cùm captam cerneret civitatem , et flammas in sublime ferri :

Qui priùs simulaverant fugam , versa facie fortiùs resistebant. Quod cùm vidissent filii Benjamin , in fugam versi sunt ,

Et ad viam deserti ire cœperunt, illuc quoque eos adversariis persequentibus , sed et hi qui urbem succenderant, occurrerunt eis.

Atque ita factum est , ut ex utraque parte ab hostibus cæderentur, nec erat ulla requies morientium. Ceciderunt, atque prostrati sunt ad Orientalem plagam urbis Gabaa.

Fuerunt autem qui in eodem loco interfecti sunt , decem et octo millia virorum , omnes robustissimi pugnatores.

De ces derniers, cinq mille ont mordu la poussière,
Plus loin deux mille encor sont étendus par terre.
Vingt-cinq mille en ce jour, tous guerriers éprouvés,
Sont en différens lieux parmi les morts trouvés.

De tous les Jéminis six cents hommes parviennent
A fuir dans le désert, et quatre mois s'y tiennent.

Le peuple à Gabaa retourne triomphant,
Achève d'y tuer ce qui restait vivant,
Des fils de Benjamin, il parcourt l'héritage,
Le massacre partout signale son passage;
Enfin dans sa fureur, leurs villes, leurs hameaux
Aux flammes sont livrés pour combler tous leurs maux.

Quod cùm vidissent qui remanserant de Benjamin, fugerunt in solitudinem : et pergebant ad Petram, cujus vocabulum est Remmon. In illa quoque fuga palantes, et in diversa tendentes, occiderunt quinque millia virorum. Et cùm ultrà tenderent, persecuti sunt eos, et interfecerunt etiam alia duo millia.

Et sic factum est, ut omnes qui ceciderant de Benjamin in diversis locis, essent vigintiquinque millia, pugnatores ad bella promptissimi.

Remanserunt itaque de omni numero Benjamin, qui evadere, et fugere in solitudinem potuerunt, sexcenti viri : sederuntque in Petra Remmon mensibus quatuor.

Regressi autem filii Israel, omnes reliquias civitatis, à viris usque ad jumenta, gladio percusserunt, cunctasque urbes et viculos Benjamin vorax flamma consumpsit.

CHAPITRE III.

Israël à Maspha, d'une voix spontanée,
Avait fait le serment que nul de sa lignée
Ne donnerait sa fille aux fils de Jémini,
Tant il eut en horreur leur forfait inoui.

Il se rend en Silo, dans la maison auguste
Du Dieu fort d'Israël, compatissant et juste;
Étant en sa présence, au pied de ses autels,
Il est triste et plongé dans des regrets mortels;
Jusqu'au soleil couchant il est dans les alarmes,
Il pousse des soupirs, il pleure à chaudes larmes.
Tout-à-coup il s'écrie, accablé de douleur:
Pourquoi Dieu d'Israël, sur nous un tel malheur?
Une de nos Tribus est presque anéantie,
Eh! c'est nous qui l'avons dans l'abîme engloutie.
Quels reproches pour nous d'avoir versé son sang!
Ces sentimens bientôt passent de rang en rang.

Le lendemain matin se levant de ses postes,
Il construit des autels, offre des holocaustes,

Juraverunt quoque filii Israel in Maspha et dixerunt : Nullus nostrùm dabit filiis Benjamin de filiabus suis uxorem.

Veneruntque omnes ad domum Dei in Silo, et in conspectu ejus sedentes usque ad vesperam, levaverunt vocem, et magno ululatu cœperunt flere, dicentes :

Quare Domine Deus Israel factum est hoc malum in populo tuo, ut hodie una tribus auferretur ex nobis?

Altera autem die diluculo consurgentes, extruxerunt altare, obtuleruntque ibi holocausta, et pacificas victimas, et dixerunt :

Des victimes de paix ; puis cherche en Israël
Ceux qui de leur armée ont méconnu l'appel ;
Car étant, à Maspha, sous sa foi solemnelle,
Le peuple avait juré la mort de tout rebelle ;
  Il répète il redit, consumé de regrets,
Benjamin notre frère est perdu pour jamais :
Notre serment s'oppose à l'unir à nos filles ;
Où s'unira-t-il donc pour former ses familles ?
Il cherche de nouveau dans toutes les Tribus
Tous ceux qui, dans Maspha, ne se sont pas rendus ;
Il trouve de Jabès les hommes infidèles,
Absens même en Silo, les déclare rebelles ;
Il détache contre eux dix mille hommes très-forts,
Avec ordre, à Jabès, de mettre au rang des morts,
Hommes, femmes, enfans, sans distinction d'âge ;
Les vierges devaient être à l'abri du carnage :
Car il avait enjoint à son détachement
D'observer ce qui suit très-ponctuellement :

Quis non ascendit in exercitu Domini de universis tribubus Israel ? Grandi enim juramento se constrinxerant, cum essent in Maspha, interfici eos qui defuissent.

Ductique pœnitentia filii Israel super fratre suo Benjamin, cœperunt dicere : Ablata est tribus una de Israel.

Unde uxores accipient ? omnes enim in commune juravimus, non daturos nos his filias nostras.

Idcirco dixerunt : Quis est de universis tribubus Israel, qui non ascendit ad Dominum in Maspha ? Et ecce inventi sunt habitatores Jabes Galaad in illo exercitu non fuisse. (Eo quoque tempore cum essent in Silo, nullus ex eis ibi repertus est).

Miserunt itaque decem millia viros robustissimos, et præceperunt eis : Ite, et percutite habitatores Jabes Galaad in ore gladii, tam uxores quam parvulos eorum.

Vous tuerez sans pitié l'espèce masculine,
Les filles, sauvez-les de l'entière ruine ;
Vous comprendrez aussi dans la destruction
Toute femme avec l'homme ayant fait union.

ON trouve dans Jabès quatre cents vierges pures,
Sans nul engagement, propres aux conjonctures ;
On les mène en Silo, terre de Chanaan ;
Aux fils de Benjamin, Israël sur-le-champ
Fait dire de quitter, sans nulle inquiétude,
Du rocher de Remmon, la triste solitude.

LE désert est quitté par tous les Jéminis,
Aux filles de Jabès, quatre cents sont unis ;
Les autres ne pouvant en épouser de même,
Le peuple, est affligé d'une douleur extrême.
Le sort de sa Tribu réveille ses chagrins.
Hélas ! que ferons-nous, disent les anciens,
De ceux qui ne sont point unis en mariage?
Les femmes ont péri dans tout leur héritage.

Et hoc erit quod observare debebitis : Omne generis masculini , et mulieres quæ cognoverunt viros , interficite, virgines autem reservate Inventæque sunt de Jabes Galaad quadringentæ virgines, quæ nescierunt viri thorum, et adduxerunt eas ad castra in Silo, in Terram Chanaan.

Miseruntque nuncios ad filios Benjamin, qui erant in Petra Remmon , et præceperunt eis , ut eos susciperent in pace.

Veneruntque filii Benjamin in Illo tempore , et datæ sunt eis uxores de filiabus Jabes Galaad : alias autem non repererunt, quas simili modo traderent.

Universusque Israel valde doluit, et egit pœnitentiam super interfectione unius tribus ex Israel.

Dixeruntque majores natu : Quid faciemus reliquis, qui non acceperunt uxores ? omnes in Bajamin feminæ conciderunt.

Employons donc nos soins et faisons nos efforts
Pour les marier tous et n'en faire qu'un corps,
Afin que leur Tribu soit plutôt réparée,
Et ne soit d'Israël à jamais séparée.

Par un serment public, comme ils avaient maudit,
Qui donnerait sa fille au Benjamin proscrit,
Liés par un serment à leurs vœux si contraire,
Ils cherchent un moyen de pouvoir s'y soustraire;
Ils tiennent assemblée et tous au même instant
Donnent aux Jéminis cet avis important.

C'est bientôt du Seigneur la fête anniversaire
Qu'on célèbre en Silo, ce lieu du sanctuaire
Est au nord de Béthel, au sud de Lébona,
Au levant du chemin de Béthel à Sichma;
Enfans de Benjamin, cachez-vous dans les vignes,
Les filles de Silo, par leur pudeur insignes,
Près de ces lieux couverts, iront former des chœurs;
Des vignes courez sus, soyez les ravisseurs

Et magna nobis cura, ingentique studio providendum est, ne una tribus deleatur ex Israel.

Filias enim nostras eis dare non possumus, constricti juramento et maledictione, qua diximus: Maledictus qui dederit de filiabus suis uxorem Benjamin:

Ceperuntque consilium, atque dixerunt. Ecce solemnitas Domini est in Silo anniversaria, quæ sita est ad Septentrionem urbis Bethel, et ad Orientalem plagam viæ, quæ de Bethel tendit ad Sichimam, et ad Meridiem oppidi Lebona.

Præceperuntque filiis Benjamin, atque dixerunt : Ite, et latitate in vineis.

Cumque videritis filias Silo ad ducendos choros ex more procedere, exite repente de vineis, et rapite ex eis singuli uxores singulas, et pergite in Terram Benjamin.

Des femmes qu'il vous faut ; fuyez chez vous ensuite.
Quand leurs parens viendront blâmer votre conduite,
Nous leur dirons : prenez pitié des Jéminis,
Vos filles ne sont point le prix des ennemis ;
Elles sont au pouvoir de nos malheureux frères
Dont vous fîtes mépris des instantes prières,
Pour les avoir poussés à cette extrémité,
Là faute toute entière est de votre côté.

BENJAMIN suit l'avis avec soin et prudence,
Au jour fixe il se rend au lieu dit en silence ;
Quand les chœurs sont formés, de sa retraite il sort ;
Chacun prend une épouse et fuit dans son ressort ;
De retour il bâtit des villes, des villages.

TOUT Israël revient par tribus , par ménages ;
Nul ne régnait alors sur les peuples hébreux ;
Mais ce qui semblait droit se pratiquait entr'eux.

Cumque venerint patres earum, ac fratres, et adversum vos queri
cœperint, atque jurgari, dicemus eis : Miseremini eorum : non enim
rapuerunt eas jure bellantium atque victorum, sed rogantibus ut
acciperent, non dedistis, et à vestra parte peccatum est.

Feceruntque filii Benjamin, ut sibi fuerat imperatum : et juxta
numerum suum, rapuerunt sibi de his quæ ducebant choros, uxores
singulas : abieruntque in possessionem suam, ædificantes urbes, et
habitantes in eis.

Filii quoque Israel reversi sunt per tribus, et familias in tabernacula sua. In diebus illis non erat rex in Israel : sed unus quisque,
quod sibi rectum videbatur, hoc faciebat.

FIN.

9 782014 050752